OPÉRATIONS

REMARQUABLES,

Pratiquées en 1849, 1850, 1851 et 1852

DANS LES ARRONDISSEMENTS D'AVESNES ET DE VERVINS

PAR

LE Dr TRIFET,

ANCIEN CHIRURGIEN-INTERNE DES HOPITAUX DE PARIS,
LAURÉAT DE LA FACULTÉ DE MÉDECINE, etc.

AVESNES,

CHEZ L'AUTEUR, RUE CAMBRÉSIENNE, N° 79.

—

1852.

TYPOGRAPHIE ET LITHOGRAPHIE DE C. VIROUX, A AVESNES.

AU LECTEUR.

Mon départ d'Etrœungt a étonné beaucoup de monde, je le comprends ; mais il me serait facile de répondre à tous ceux qui me demandent sans cesse : « Comment quitter une aussi belle clientèle pour » aller dans une ville où les médecins pullulent ? » Bien que la plus grande partie des habitants d'Etrœungt et des environs m'aient accordé leur confiance et choisi pour médecin, mon but n'était point d'y séjourner longtemps ; des chagrins domestiques m'avaient fait quitter Paris pour venir puiser des consolations dans ma famille, et non pour y exercer la médecine. Aujourd'hui, la séparation de corps que je viens d'obtenir me permet de reprendre avec activité ma carrière scientifique, et de consacrer tout mon temps à l'exercice de ma profession.

En établissant désormais mon domicile à Avesnes, je ne quitte point mon rayon de clientèle, et mes amis ne s'apercevront guère de ce petit déplacement.

D'ailleurs, mon séjour à Etrœungt n'est-il pas une véritable anomalie, et est-il rationnel de venir des villes voisines chercher un médecin dans un village ? Cependant, presque tous les jours j'étais appelé en consultation, et le monopole des grandes opérations chirurgicales m'était exclusivement réservé dans les arrondissements d'Avesnes et de Vervins.

Au petit nombre d'envieux qui ont cherché à me

nuire, je répondrai, qu'à Paris comme ici, j'ai tou-
jours su mériter l'estime de mes confrères.

Ancien chirurgien - interne des hôpitaux de
Paris, j'ai conservé l'habitude de recueillir les prin-
cipales observations que je rencontrais dans ma
pratique, et de les publier, afin de servir à la
science. Si je cite le nom de mes opérés, c'est que le
résultat de ma courte carrière chirurgicale est si
prodigieux, que les personnes qui ne connaissent
pas ma loyauté auraient pu contester mes asser-
tions.

Je ne donne ici que le résumé de mes observa-
tions; je publierai plus tard un mémoire détaillé
sur mes opérations chirurgicales, et j'espère prou-
ver par des faits, que les résultats que nous avons
obtenus ici sont bien plus satisfaisants que ceux
des plus grands chirurgiens de Paris.

NOTA. — Les consultations se feront désormais les lundi, mercredi et vendredi (jours de marché) de 8 à 10 heures du matin, et non les jeudi et dimanche comme à Etrœungt.

PRINCIPALES OPÉRATIONS

PRATIQUÉES AVEC SUCCÈS

dans les arrondissements d'Avesnes et de Vervins,

en 1849, 1850, 1851 et 1852.

AMPUTATION DE CUISSE.

En 1850, notre confrère M. Herbecq me fit appeler pour pratiquer l'amputation de la cuisse au nommé Camus, ouvrier chapelier à Avesnes, âgé de 30 ans, atteint depuis plusieurs années d'une tumeur blanche au genou qui menaçait ses jours.

Le malade, dont la santé était profondément délabrée et réduit presque au marasme par une longue suppuration de tout le membre, fut endormi à l'aide du chloroforme. Quand il s'éveilla l'opération était terminée, et le résultat fut aussi satisfaisant que possible.

Non seulement la réunion eut lieu par première intention en quelques jours, mais encore la santé de notre opéré ne tarda pas à se rétablir.

AMPUTATION DE JAMBE.

1° Pratiquée à Avesnes en 1852, sur mademoiselle Petit, âgée de 35 ans, avec le concours de MM. Herbecq et Jallon.

L'abondante suppuration du pied menaçait les jours de notre malade. L'amputation sus-malléolaire fut pratiquée également à l'aide du chloroforme. Tout se passa à merveille et notre opérée recouvra assez rapidement la santé.

2° Le 10 mars 1852, M. Herbecq me fit appeler à l'hôpital d'Avesnes pour amputer la jambe à un maréchal du Petit-Fayt, qui avait été écrasé par une voiture pesamment chargée. Les deux os de la jambe étaient broyés, les chairs meurtries et la peau entièrement décollée.

J'ai dû pratiquer l'opération très-haut à cause de l'état des parties. La guérison n'en fut pas moins solide et eut encore lieu par première intention en quelques semaines.

AMPUTATION D'UN DOIGT.

1° Au mois de mars 1852, une jeune fille dont on faisait voir le frère (gros garçon de 11 ans pesant 160 kilogrammes), en voulant descendre de voiture, fut suspendue à un clou par une bague qu'elle portait au doigt annulaire. Elle fut pansée par un médecin de Vervins qui tenta de réunir les chairs arrachées par la bague. Le quatrième jour, elle me fut adressée par les médecins de La Capelle pour pratiquer la désarticulation devenue nécessaire par suite de la gangrène.

Elle fut endormie à l'aide du chloroforme, et l'opération ne laissa rien à désirer. Cinq jours après, cette jeune fille, parfaitement guérie, retournait dans sa famille.

2° En 1852, un marchand de chevaux de Léchelle, le nommé Casseleux, s'était ouvert l'artère collatérale interne de l'index avec un morceau de verre. On fit des efforts inutiles pendant une quinzaine de jours pour arrêter l'hémorrhagie, elle reparaissait toujours. Appelé par M. Cavenne, médecin à Léchelle, pour pratiquer la ligature des artères, je me rendis près du blessé le quinzième jour. La gangrène que la compression avait déterminée me força d'amputer le doigt.

L'amputation, pratiquée sans l'aide du chloroforme, ne fut pas très douloureuse ; le bras était encore engourdi par la pression du tourniquet que l'on avait posé pour arrêter l'hémorrhagie.

La guérison fut complète en quelques jours.

3° A peu près à la même époque, M. Pierre Michel,

de Fontenelle, fut obligé de subir la même opération ;
il s'était broyé un doigt d'un coup de hâche. Le succès
fut encore des plus beaux.

—

AMPUTATION DE LA VERGE.

En 1849, je fus appelé par M. Catillon, médecin à
Ohies, et M. Brouet, médecin à Hirson, près de M. D....
Notre malade était dans un état des plus alarmants ; une
affection cancéreuse affectant principalement les corps
caverneux, menaçait de conduire rapidement ce vieillard au tombeau. Il ne nous restait qu'un moyen de
sauver ses jours : l'amputation de la verge. Le patient
s'y résigna avec peine; mais l'heureux résultat de l'opération vint bientôt adoucir l'amertume de ses regrets.

—

AMPUTATION DU SEIN.

1° La dame de M. Boilot, filateur à Fourmies, portait au sein, depuis plusieurs années, une petite tumeur
qui paraissait de nature fibreuse et ne causait aucune
gêne sensible. En 1850, la tumeur augmenta rapidement
de volume, devint bosselée, sensible au toucher et in-
quiéta vivement la malade qui me fut alors adressée par
M. le docteur Fiévet.

Nous avons d'abord étudié la marche de la maladie et
tenté un traitement général ; mais bientôt des douleurs
lancinantes s'étant déclarées nous avons obtempéré au
désir de la malade et pratiqué l'opération avec le concours de M. Danis. Le 30 mars 1850, la malade fut
endormie à l'aide du chloroforme ; j'enlevai toute la
tumeur et une partie du sein. La réunion eut lieu par
première intention et la malade fut rapidement guérie.

Nous venons de revoir madame Boilot, elle jouit de
la santé la plus parfaite.

2° En 1850, madame Maupetit, d'Hirson, me fut
adressée par M. Brouet, son médecin. Elle portait dans
le sein une tumeur dure, bosselée, ayant tous les carac-
tères des tumeurs squirrheuses. La malade fut également

endormie à l'aide du chloroforme et l'opération pratiquée avec le même succès que la précédente.

M. Brouet qui m'aidait dans l'opération vient de
m'apprendre que la santé de madame Maupetit ne laisse
rien à désirer.

3° En 1851, j'ai également enlevé un sein à madame
Paul, receveur à cheval à La Capelle, avec le concours
de MM. Fiévet et Petitjean. La dégénérescence était
complète ; cependant madame Paul qui fut endormie
avec le chloroforme ne tarda pas à guérir parfaitement.

4° A peu près à la même époque, M. Hocquet me
prêtait son concours pour enlever un cancer au sein de
madame Quenin, de Cartignies. Bien que la tumeur était
déjà ulcérée, la guérison ne s'en fit pas moins vite et cette
dame a recouvré une santé des plus florissantes.

5° Au mois de janvier 1852, j'ai pratiqué la même
opération à madame Flament, de Wignehies, avec le
concours de M. Danis. Le résultat a encore été des plus
satisfaisants.

6° Enfin, aidé de MM. Fiévet et Petitjean, je viens
encore d'enlever une tumeur énorme à mademoiselle
Coulon, de La Capelle.

La maladie était très avancée ; nous fûmes obligés
d'enlever, non seulement le sein, mais encore tout le
tissu cellulaire sous-jacent, l'aponévrose d'enveloppe
des muscles pectoraux et une partie de ceux-ci qui par-
ticipaient à la dégénérescence.

Cependant le résultat est encore ici des plus beaux et
mademoiselle Coulon ne cesse de nous remercier de
l'avoir arrachée à un péril imminent.

EXTIRPATION DE LA GLANDE PAROTIDE.

En 1851, j'ai enlevé avec le concours de M. Rivière
une tumeur parotidienne à M. Auhet, officier en retraite
au Nouvion. Toute la glande parotide qui participait à
la dégénérescence fut enlevée. La dissection fut des plus
minutieuses, il fallut faire un grand nombre de ligatures

d'artères et enlever presque tous les filets du nerf facial. Cependant le malade qui connaissait la gravité de l'opération qu'il subissait (il venait de consulter à Paris M. Velpeau et autres) montra un courage et un sang-froid admirables, pendant plus de deux heures que dura l'opération.

Aujourd'hui M. Auhet est complètement guéri et comprend mieux que tout autre le service que je lui ai rendu en me chargeant de cette opération, sans contredit une des plus difficiles de la chirurgie.

—

TUMEUR MONSTRUEUSE DU COU.

En décembre 1851, j'ai enlevé, avec le concours de MM. Rivière, médecin au Nouvion, et Lecollier, médecin à Prisches, une tumeur ganglionnaire énorme au cou, d'un enfant de 8 ans, appartenant à M. Vandois-Hazard, du Favril.

Cette tumeur, vraiment monstrueuse, pesait près de 1,500 grammes ; elle était composée d'un grand nombre de ganglions lymphatiques hypertrophiés, dont quelques uns avaient acquis le volume du poing. Les vaisseaux carotidiens, jugulaires et les nerfs du cou durent être disséqués avec le plus grand soin. Nous dûmes aller chercher plusieurs ganglions jusqu'au sommet du poumon, sous les muscles trapèze, partout. En un mot l'opération qui dura près de trois heures fut excessivement laborieuse; tout le monde était épuisé de fatigue et d'anxiété. Tout s'est passé à merveille et le petit malade a guéri très rapidement.

Je dois dire que c'est avec peine et pour ainsi dire contraint par la famille que je m'étais chargé de cette opération ainsi que de celle de M. Auhet (extirpation de la parotide). J'avais prévu les difficultés que nous devions rencontrer, et les médecins qui avaient vu le malade avant nous ne pouvaient croire à la possibilité de l'opération.

—

MALADIES DE MATRICE.

Ce serait ici le cas de décrire les maladies du col de l'utérus : engorgements, végétations, déplacements, ramollissements, ulcérations, ulcères, etc., mais on comprend le motif qui nous empêche de publier nos observations. Je dirai seulement que dans presque toutes les communes nous avons traité plusieurs dames atteintes de ces cruelles maladies, et presque toujours les résultats ont dépassé l'espérance de nos malades.

—

POLYPES UTÉRINS.

Depuis quatre ans, j'ai opéré un grand nombre de polypes et surtout de polytes utérins ; je ne rapporterai ici que les plus remarquables :

1° En 1849, mademoiselle Rousseau, débitante de tabac à Féron, me fit appeler. Elle était au lit depuis plusieurs mois, épuisée par des hémorrhagies et des pertes utérines abondantes. Il s'écoulait tous les jours par les parties génitales plus d'un litre de sérosité roussâtre, purulente et d'une odeur repoussante. Les extrémités inférieures étaient infiltrées, la face bouffie, le pouls misérable, le tube digestif dans le plus fâcheux état, en un mot, elle était aux portes du tombeau.

Je reconnus une tumeur fibreuse énorme, implantée profondément dans la matrice et occupant tout le vagin. Cette tumeur était ulcérée et présentait un commencement de dégénérescence encéphaloïde.

J'enlevai ce corps après avoir posé une ligature sur le pédicule, pour prévenir l'hémorragie

Mademoiselle Mélanie se porte aujourd'hui admirablement bien ; je conserve son polype qui pèse 375 grammes.

2° A peu près à la même époque, j'ai opéré, avec le concours de M. Petitjean, une dame de Bergues, madame Laurent-Beauboucher. Cette dame était à peu près dans le même état que la précédente. Elle avait été traitée pendant plusieurs années par un grand nombre de médecins.

L'opération fut excessivement difficile ; la tumeur était très grosse, j'ai eu beaucoup de peine à la faire sortir par les parties génitales. Elle avait le volume de la tête d'un enfant.

Un an après, madame Laurent accoucha d'un gros garçon, et aujourd'hui elle jouit de la santé la plus florissante.

3° Au mois de mai 1850, M. le doyen d'Avesnes, ayant entendu parler de l'opération que je venais de pratiquer à mademoiselle Mélanie, de Féron, me fit prier de vouloir bien voir madame veuve Dettinger que M. Dupont, médecin du bureau de bienfaisance, voulait envoyer à Paris pour subir l'opération.

Je m'en suis chargé, aidé de M Herbecq et du médecin du régiment. La malade débarrassée de son polype a parfaitement guéri ; (elle est morte un an après d'une attaque de choléra).

4° En 1850, M. Catillon, médecin à Ohies, et M. Brouet, médecin à Hirson, me firent appeler pour enlever un polype à madame Longfils des Muthernes. L'opération eut encore un plein succès.

5° Déjà en 1847, j'avais enlevé avec M Contesse un polype utérin à madame Prissette, (André), de Cartignies. Cette dame jouit également de la plus belle santé.

POLYPES DES FOSSES NAZALES.

1° En 1850, j'ai été consulté par madame Leroy, femme de l'agent-voyer d'Avesnes, pour des douleurs qu'elle ressentait depuis quelques années dans la tête et pour lesquelles elle avait vainement suivi plusieurs traitements.

Je reconnus un polype énorme dans le nez de cette dame, je l'en débarrassai et aujourd'hui elle se porte parfaitement bien.

2° J'en ai également enlevé un à notre digne confrère et ami M. Petitjean, médecin et maire à La Capelle.

3° En 1851, j'ai aussi opéré Désiré Ducarme, d'E-trœungt, qui portait plusieurs polypes implantés au sommet du pharynx et se prolongeant dans les fosses nazales qu'ils bouchaient hermétiquement.

4° Enfin j'ai dû également avoir recours à la même opération chez M. Hosselet, d'Etrœungt.

TUMEURS ADIPEUSES.

1° En 1849, j'ai enlevé, avec le concours de M. Payen, médecin à Fourmies, une tumeur énorme à M. Buisset, de Glageon. Cette tumeur, implantée dans le creux de l'aisselle, avait des prolongements tout autour des vaisseaux et des nerfs axillaires. L'opération, quoique très difficile, réussit à merveille. La tumeur pesait 500 grammes.

2° L'année suivante, j'ai enlevé avec M. Rivière, médecin au Nouvion, une tumeur adipeuse, située à la fesse de M. Wattinier-Moreau, du Nouvion. La guérison eut encore lieu très rapidement.

LOUPES.

1° En 1851, j'ai enlevé à madame Serouard, de La-rouillies, cinq loupes dont la plus petite avait le volume d'une noisette et la plus grosse le volume d'un petit œuf. Ces loupes situées sous le cuir chevelu étaient enkystées et ne se reproduirent plus.

2° A peu près à la même époque, j'en ai enlevé une à M. Foüan, percepteur à La Capelle. Elle était également située sous le cuir chevelu, au sommet de la tête. La guérison eut encore lieu en quelques jours.

3° Enfin j'ai enlevé à mademoiselle Carlier, de Cantraine, et à plusieurs autres personnes, de petits kystes situés dans l'épaisseur des paupières. La guérison ne s'est jamais fait attendre.

TUMEUR DU GENOU.

Madame Mercier, (Philippe), du Buisson-Barbet, que M. Contesse traitait depuis très longtemps pour une affection du genou, ne pouvant plus marcher, me fit appeler. Je reconnus une tumeur énorme située au-devant de la rotule et ayant son siège dans la bourse muqueuse de cette région. J'incisai largement le kyste, je fis sortir une masse de corps étrangers et j'établis un séton. Au bout de trois semaines madame Mercier était radicalement guérie.

—

TUMEURS ÉRECTILES.

1° En 1849, j'ai opéré, avec le concours de MM. Fiévet et Petitjean, médecins à La Capelle, une tumeur érectile énorme, située dans l'épaisseur de la lèvre inférieure d'un jeune enfant appartenant à M. Dureux, de La Capelle.

La guérison a été des plus belles et a dépassé l'attente de la famille et de mes confrères.

2° Quelque temps après, j'ai également enlevé une tumeur érectile à un petit enfant appartenant à M. Rousseau, marchand quincaillier à Avesnes. Cette tumeur était située au grand angle de l'œil, un peu au-dessous du sac lacrymal, ce qui fesait croire à notre confrère M. Dupont, que l'opération n'était point possible et qu'il n'était point prudent de la tenter.

Tout s'est cependant passé à merveille et le petit malade fut complètement guéri.

—

RÉSECTIONS D'AMYGDALES.

Je ne ferai que signaler en passant quelques unes des personnes auxquelles j'ai enlevé les amygdales : M. Legrand, commis à cheval à Avesnes ; Mademoiselle Fiévet, fille de notre estimable confrère, de La Capelle ; madame Trognon, de Féron ; M. Mercier, d'Etrœungt; M. Paul Jourdain, de Glageon ; la nièce de M. Bruno, d'Etrœungt ; et une dame de Saint-Quentin qui est arrivée chez moi par la voiture de huit heures du matin , et repartie par la voiture de onze heures , aussitôt après son opération.

Toujours l'opération a parfaitement réussi et les malades ont été guéris en quelques jours.

—

ONGLE INCARNÉ.

1° En 1850, je fus appelé près de madame Claux , de Féron , qui depuis deux ans ne pouvait plus marcher. Elle avait l'ongle du gros orteil tellement rentré dans les chairs qu'il y avait altération profonde de cet organe et impossibilité d'appuyer sur le pied. Après avoir endormi la malade , je divisai l'ongle en deux à l'aide de forts ciseaux et arrachai les deux lambeaux avec de bonnes pinces. J'ai cautérisé profondément la matrice de l'ongle avec la pince infernale pour l'empêcher de se reproduire , et au bout de quinze jours madame Claux pouvait marcher comme si elle n'avait jamais rien eu.

2° Un an après, j'ai pratiqué la même opération à un jeune homme de Sorbais. Le résultat a également été des plus satisfaisants.

—

CHARBON OU PUSTULE MALIGNE.

1° En 1849, Bourdou-Bosseau , d'Etrœungt , ayant dépouillé une genisse qui avait succombé à une affection charbonneuse , éprouva , au bout de vingt-quatre heures , une légère démangeaison sur le dos de la main. Bientôt l'épiderme se souleva , forma une petite vésicule de la grosseur d'un grain de millet. La démangeaison continuant à se faire sentir, le malade déchira la vésicule. Au bout de deux ou trois jours la petite plaie avait l'aspect d'un petit clou (furoncle) et s'accompagnait d'un sentiment de chaleur et de cuisson. Bientôt le tubercule devient brun , dur et insensible , tandis que les parties environnantes s'engorgent , se gonflent et forment une auréole inflammatoire très prononcée. Enfin , le quatrième jour, le gonflement de la main , ayant gagné tout le bras et le malade se sentant défaillir, on vint me chercher. Après avoir reconnu l'existence de la pustule maligne parvenue à la dernière période, je crus que le meilleur parti pour sauver les jours de ce malheureux , était de détruire le principe sceptique avec les tissus mêmes qui le renferment, et d'exciter autour d'eux la réaction salutaire qui est la condition essentielle de la guérison.

Après avoir incisé profondément l'eschare, nous avons porté au fond de la plaie un fer rouge que nous avons longtemps promené dans l'incision. Et comme le gonflement était considérable et les symptômes généraux alarmants, nous avons circonscrit l'eschare par une double incision circulaire faite sur la peau vive, et cautérisé ensuite jusqu'au fond cette plaie saignante. Nous avons en outre pratiqué au milieu des parties tuméfiées quelques incisions qui ont également été cautérisées.

Cet homme a guéri , grâce à un traitement qui au premier abord paraît audacieux et barbare, mais sans lequel notre malade aurait certainement succombé.

2° En 1850, M. Ducarme, (Gustave), du Haut-Lieu, ayant sur la main une petite pustule qui le brûlait comme un charbon , vint me consulter. Je reconnus une pustule maligne parfaitement bien caractérisée. Comme le mal était encore à sa première période , le caustique de Vienne suffit pour débarrasser M. Ducarme de ce mortel ennemi.

3° En 1850, M. Garot, d'Etrœungt, ayant abattu un bœuf malade , eut au bras tous les symptômes de la pustule maligne. Le mal ayant atteint la troisième période , je fus obligé d'avoir également recours à la cautérisation et aux incisions. La guérison eut encore lieu en moins de quinze jours.

4° Enfin le même mal fut encore combattu avantageusement chez plusieurs autres personnes, en 1851 et 1852 : Madame Lahanier, de Warpont ; madame Huriaux , de La Rouge-Croix , etc.

OPÉRATION DE PHIMOSIS.

1° Au mois de janvier 1850, je fus appelé chez M. André Prissette à Cartignies, pour un jeune homme de vingt ans atteint de rétention d'urine. Je constatai en avant du gland une énorme poche remplie d'urine et formée par le prépuce dont l'ouverture était assez étroite pour empêcher le liquide de sortir.

Je pratiquai l'opération du phimosis d'après le procédé de M. Ricord, et le malade ne tarda pas à guérir radicalement.

2° En 1851, j'ai encore eu l'occasion de répéter cette opération chez un jeune homme de Floyon. J'ai employé le même procédé et la guérison ne s'est point fait attendre.

—

FISTULE A L'ANUS.

En 1851, M. Martho, d'Avesnes, atteint depuis plusieurs années d'une fistule à l'anus pour laquelle il avait déjà suivi plusieurs traitements, me fit appeler. Je proposai l'opération qui fut accueillie et subie avec beaucoup de courage et de résignation.

La guérison ne tarda pas à se faire et aujourd'hui M. Martho a recouvré ses forces et sa santé.

—

FISSURE A L'ANUS.

Le 1er janvier 1850, je fus appelé près de M. Isidore Prissette, entrepreneur de routes à Cartignies. Je trouvai le malade en proie à des douleurs atroces, douleurs qui avaient leur siège dans le fondement et qui mettaient le malade dans un état de surexcitation impossible à décrire. Chaque fois qu'il voulait aller à la selle, il souffrait comme si on lui passait un fer rouge. Il y avait quinze jours que M. Contesse, son médecin, employait en vain divers traitements, le mal ne faisait que croître et embellir. J'ai pratiqué l'incision du sphincter de l'anus et en quelques jours M. Prissette était radicalement guéri.

—

FISTULE LACRYMALE.

Au commencement de septembre 1852, M. Lecollier, de Prisches, m'adressa une jeune fille de Beaurepaire atteinte de fistule lacrymale. Nous l'avons opérée d'après la méthode de Dupuytrein. La canule fut introduite avec assez de difficultés. Cependant tout s'est passé à merveille et la fistule a disparu.

—

HYDROCÈLE.

1° En 1849, ayant été consulté par M. Huile, fils, serrurier à Étrœungt, pour une hydrocèle énorme, je conseillai la ponction suivie de l'injection vineuse. La guérison fut complète en moins de quinze jours.

2° Un an après j'ai dû pratiquer la même opération à M. J.-B. Dubray, d'Étrœungt.

A la suite d'une chûte qu'il avait faite sur les parties trois ans auparavant, le testicule gauche devint douloureux et ne tarda pas à acquérir le volume du poing.

La guérison fut également obtenue en moins de quinze jours.

3° La même année, j'ai opéré avec le concours de M. Contesse, M. Pilloy, maire d'Oisy. Nous avons parfaitement réussi quant à l'opération ; mais le malade a succombé depuis à une affection étrangère à celle pour laquelle nous avions été appelé.

4° En 1851, un vieillard de Larouillies, M. Fourdrain, vint me consulter pour une *cassure*. Je reconnus une hydrocèle ; je l'opérai et la guérison marcha rapidement.

5° Enfin dernièrement M. le curé de Rocquignies me fit prier de vouloir bien aller voir un indigent de sa paroisse, M. Dupont, traité en vain depuis un an par plusieurs médecins des environs.

Je constatai une grande quantité de sérosité dans la tunique vaginale, je l'ai évacuée et ai injecté du vin saturé d'alun. Un régime tonique et réparateur acheva la guérison de ce pauvre malheureux, rappelé comme par miracle à la vie.

RÉTRÉCISSEMENTS DE L'URÈTHRE ; RÉTENTION D'URINE.

1° En 1849, M. Edard, de Larouillies, beau père d'un de nos confrères, atteint de rétrécissement de l'urèthre et ne pouvant uriner que goutte à goutte, alla à Paris réclamer les secours de l'art. Le rétrécissement augmentant de plus en plus, les urines ne pouvant plus sortir, il y eut rupture du canal, abcès urineux, et fistule urinaire. Le malade fut pris d'accès de fièvre intermittente et renvoyé dans sa famille. Comme on ne pouvait pénétrer dans la vessie à cause des fausses routes dont le canal était labouré, on vint me chercher et je l'ai radicalement guéri en moins de deux mois.

2° En 1850, je fus appelé auprès de M. Legrand, instituteur à Cartignies, atteint d'une affection des voies urinaires des plus cruelles. M. Contesse, qui donnait des soins à ce malade depuis plus d'un an, avait en vain essayé de pénétrer dans la vessie ; ses tentatives étaient restées infructueuses et le mal ne faisait que s'aggraver. J'ai eu le bonheur de rendre la vie et la santé assez rapidement à M. Legrand.

3° En 1851, M. Balleux, de Wignehies, atteint de rétention d'urine, était dans un état très alarmant. Depuis deux jours, notre confrère, M. Lahaye, essayait en vain de le sonder ; la vessie était énormément distendue et menaçait de se rompre. Les accidents les plus redoutables se déclaraient et ce pauvre malade souffrait comme un damné. Plus heureux que mon confrère, je suis arrivé d'emblée dans la vessie, et M. Balleux ne tarda pas à se rétablir.

4° Enfin tout dernièrement, notre confrère, M. Bevière, de Maroilles, éprouvant de la difficulté pour pénétrer dans la vessie de M. Bachy, atteint de rétention d'urine, me fit appeler immédiatement. Le malade, que j'ai sondé en arrivant, ne tarda pas à se rétablir.

HERNIE ÉTRANGLÉE.

1º Le 1ᵉʳ mai 1851, M. Pillot, âgé de 60 ans, marchand de légumes à Etrœungt, qui portait depuis plusieurs années une hernie assez difficile à maintenir avec un bandage, fut pris d'accidents d'étranglement : douleurs très-vives dans la tumeur, nausées, vomissements d'abord d'aliments, puis de matières stercorales, suppression des selles, impossibilité de réduire la tumeur.

Le 3, le malade, voyant qu'on ne pouvait rentrer sa hernie et sentant la gravité de sa position, me manda près de lui. L'opération sanglante fut conseillée et acceptée avec résignation. Lorsque je fus arrivé sur les intestins, j'ai eu quelqu'inquiétude sur leur état ; la teinte violette des parties et une odeur stercorale très-prononcée me faisaient craindre une désorganisation des parties étranglées. Mais après avoir agrandi l'ouverture à l'aide du débridement multiple, j'ai pu attirer une assez grande partie d'intestin en dehors, et bientôt les parties reprirent un aspect plus satisfaisant. Après avoir parfaitement nettoyé l'intestin, je l'ai repoussé avec précaution dans la cavité abdominale, excepté l'appendice cœcale qui présentait un commencement de désorganisation et que j'ai fixé dans la plaie qui a été réunie par première intention. Au bout de huit jours, tout était cicatrisé, excepté les parties qui étaient en contact avec l'appendice cœcale qui ont suppuré et qui se sont réunies consécutivement d'une manière on ne peut plus satisfaisante.

Aujourd'hui M. Pillot est complètement guéri et ne porte plus de bandage.

2º A peu près à la même époque, nous avons opéré avec M. Contesse, un jeune homme de Chevireuil. C'était quatre jours après les accidents d'étranglement.

La guérison fut encore des plus satisfaisantes.

3º Quelques jours auparavant, nous avons encore opéré avec MM. Contesse et Dassonville, une femme du Plouis, pour une hernie crurale étranglée (les deux dont je viens de parler étaient inguinales). Cette femme a encore guéri : mais, comme l'opération n'avait été pratiquée que le neuvième jour après l'étranglement, l'intestin était sphacélé ; nous avons dû en retrancher une partie et établir un anus artificiel.

Cette femme, un an après notre opération, est tombée entre les mains d'*empiriques guérisseurs de hernies* qui, sous prétexte de tenter la guérison de son anus anormal, ont mis un point de suture sur l'orifice intestinal, ce qui a emporté la patiente en trois jours.

4o Enfin nous avons été appelé assez fréquemment pour des cas de hernie étranglée ; presque toujours nous étions obligé de renoncer à l'opération et de laisser périr les malades, les accidents étant trop avancés.

Nous ne pouvons trop insister auprès de nos confrères pour les prier de ne pas attendre trop tard quand il nous font appeler pour une opération de hernie étranglée, le résultat devant dépendre de la célérité avec laquelle l'opération est pratiquée, ainsi que du peu de tentatives faites pour réduire les viscères herniés.

Nous donnerons le même conseil aux malades et à leurs familles ; qu'ils n'oublient jamais que vingt-quatre heures peuvent compromettre les chances de l'opération et qu'en différant quelques jours ils exposent leur vie.

—

CATARACTE.

1° M. Bucquoi, propriétaire à Boulogne, âgé de 75 ans, était atteint de cataracte depuis plusieurs années. Il ne voyait plus assez pour se conduire et avait pris un tel dégoût pour la vie qu'il refusait souvent les aliments qu'on lui présentait et passait des semaines entières sans se lever.

Je l'ai opéré par abaissement, le 27 mai 1850. Le résultat fut des plus satisfaisants, et bientôt M. Bucquoi recouvra, en même temps que la vue, la santé et le bonheur. Il me serait impossible de peindre la joie de notre opéré lorsqu'il revit le coq du clocher de Boulogne ; cependant il ne se contenta pas d'avoir recouvré la vue d'un côté, je fus obligé d'obtempérer à ses désirs et d'opérer l'œil gauche quelques semaines après. Le résultat fut encore des plus satisfaisants, et ce bon veillard ne manque pas de faire sa partie de cartes et de lire son almanach toutes les fois qu'il en trouve l'occasion.

2° Le 12 juin 1850, j'ai également opéré Jean Brihaye, de Glageon, qui était aveugle depuis sept ans. Suivant mon habitude, je n'ai opéré qu'un œil à la fois. Comme il voit parfaitement bien, et qu'il peut se livrer à toutes ses occupations ordinaires, nous n'avons point opéré l'autre œil.

3° Peu de temps après, j'ai encore opéré madame Duchesnes, de Beaurepaire. Bien que notre opérée voit aujourd'hui, le résultat est moins satisfaisant que les deux dont je viens de parler. Il est survenu une cataracte secondaire qu'il serait facile d'enlever si notre malade le voulait ; mais elle dit qu'elle y voit assez comme cela.

4° Dernièrement notre collègue, M. Bévière, de Maroilles, m'a fait appeler pour pratiquer l'opération à M. Poly, aubergiste à Marbaix. Bien que les yeux n'étaient point dans de bonnes conditions (il y en avait déjà un atteint d'amaurose), nous avons été assez heureux pour rendre la vue à M. Poly.

5° Enfin de toutes les opérations de cataracte que nous avons pratiquées, il n'y a que madame Liévin, d'Haut-Droit, qui n'a pas recouvré la vue ; il est survenu des accidents qui ont compromis la vue d'un côté, et nous attendons pour opérer l'autre œil, que notre malade soit dans de meilleures conditions.

Nous ne parlerons pas ici des tumeurs cancéreuses que nous avons enlevées sur diverses parties du corps : aux lèvres, à la joue, à la machoire, au cou, etc.; le nombre en est trop considérable et nous ne pourrions enregistrer dans ce court espace toutes les guérisons que nous avons obtenues.

Nous passerons également sous silence plusieurs opérations de trachéotomie, d'extractions de corps étrangers dans les voies aériennes et digestives, plusieurs applications de forceps toujours terminées heureusement pour la mère et pour l'enfant, ainsi que deux opérations de céphalotripsie qui ont sauvé les jours de la mère dans des cas de vice de conformation du bassin, etc.

Nous ne nous arrêterons pas non plus à décrire les ponctions que nous avons faites : ponctions de vessie, paracenthèse, etc.; non plus que sur une foule de cas de fractures et de luxations dont la réduction a dépassé toute attente. Nous ne nous arrêterions plus si nous voulions décrire toutes les opérations que nous avons pratiquées dans le pays depuis quatre ans.

Il y a quelques jours, M. Volpelière, de Landrecies, me fit appeler, avec MM. les docteurs Petel, du Cateau ; Azambre, de Catillon; Quenot, Robert et Gingibre, de Landrecies, pour pratiquer une nouvelle réduction de la jambe, cassée depuis quatre mois et demi, et dont la consolidation était tout-à-fait incomplète.

Les deux os de la jambe avaient été fracturés très-obliquement, et le chevauchement des fragments était tellement considérable que nous avons trouvé un raccourcissement de sept centimètres. Aussi, le cal était vicieux et n'avait point assez de solidité pour permettre au blessé de se servir de ce membre.

Nous avons dû faire céder le cal et les adhérences fibreuses nouvellement formées; puis, à l'aide d'une extension très-vigoureuse et de manœuvres de coaptation bien combinées, nous avons pu ramener les surfaces fracturées en contact. On comprend bien que les manœuvres furent difficiles et que c'est avec beaucoup de peine que nous combattons, à l'aide d'un appareil à extension continue, l'action des muscles rétractés depuis quatre mois et demi. C'est certainement là un cas très-grave et qui offre un intérêt scientifique réel. Nous venons de revoir ce malade, tout se passe parfaitement bien.

www.ingramcontent.com/pod-product-compliance
Lightning Source LLC
Chambersburg PA
CBHW061730180626
46818CB00006B/2549